福建师范大学文学院文学创作丛书

镜像悬浮

曾章团 著

海峡出版发行集团 | 海峡书局
THE STRAITS PUBLISHING & DISTRIBUTING GROUP

图书在版编目（CIP）数据

镜像悬浮/曾章团著. —福州：海峡书局，2017.7
（2024.7重印）
（闽水泱泱：福建师范大学文学院文学创作丛书）
ISBN 978-7-5567-0368-5

Ⅰ.①镜… Ⅱ.①曾… Ⅲ.①诗集-中国-当代 Ⅳ.
①I227

中国版本图书馆 CIP 数据核字（2017）第 159080 号

责任编辑　任　捷

镜像悬浮
JINGXIANG XUANFU

著　　者　曾章团
出版发行　海峡书局
地　　址　福州市台江区白马中路 15 号
印　　刷　三河市兴博印务有限公司
厂　　址　河北省三河市杨庄镇大窝头村西
开　　本　710 毫米×1000 毫米　1/16
印　　张　10.25
字　　数　152 千字
版　　次　2017 年 7 月第 1 版
印　　次　2024 年 7 月第 2 次印刷
书　　号　ISBN 978-7-5567-0368-5
定　　价　49.00 元

序一

相对于中原而言，无论是经济还是文化，福建都是开发较迟的区域。然而，经过唐、五代的发展，至北宋、南宋时期，随着文化南移，处于东南海疆的福建在文化投入方面令人注目，整个宋代福建就出了几千名进士。宋代的福建文化处于崛起的状态，州县学、书院的兴办，科举的发达，刻书业的繁荣，让福建一时文化精英荟萃。北宋著名词人、婉约派代表人物柳永就是今天的武夷山人，南宋著名词人张元幹、刘克庄也是福建人。时间发展到现当代，冰心、庐隐、林徽因、郑振铎、高士其等闽籍作家影响广泛，他们的作品成为经得住考验的长销书，用今天学术界的话来说，就是他们的许多作品都"经典化"了。

我无意过分强调福建的灵秀山水对孕育出一代代文人墨客的不可替代作用。地域文化的某些特征有时能让人发挥天赋，有时则制约人的创造力和洞察力。我只是说，从福建这片碧水青山走出来的读书人，他们对世界的思考，他们的审美创造，随着近代伊始"放眼看世界"的时代潮流不断涌动，表现出地域性文化与世界性文化的消化、融合大于冲突的特征。同样，他们的审美书写，既有博大的胸怀，又不乏细腻的精致。而这些特点在福建师范大学文学院创作文库的诸多作品中，亦能得到有力的印证。

福建师范大学文学院培养的学生相当部分已经是福建省语文教学的骨干教师，培养优秀的师范类大学生无疑是教学方面的重点。同时，不少博士、硕士、本科毕业生也走上了大学教育、文化传播或行政管理等岗位，与师大文学院有着学缘关系的各类人才活跃在教育与文化建设的各个层面，他们的工作在毕业后已经有了很大的差异，但有些能力的不断强化依然是他们的共同点：一是能写，二是能说。

如果是一位语文老师，能写意味着老师的下海作文要能为学生作出示范，示范性意味着难度。语文老师的高素质表现之一就是老师写出的文章，无论是议论文还是记叙文，学生不但能服气，而且具有带动、启发的作用。近在咫尺，且与学生形成教学共同体的语文老师若"能写"，其为"班级订制"的作品通常能发挥教材上的文章所无法替代的作用。如此，文学院的学生写诗歌、散文、小说、随笔，不是一种"业余行为"，而通过写的"游戏状态"达到写的"专业状态"。这是因为这种"游戏之写"，不是通过必修性的学分制度让学生受约束，而是通过鼓励性的氛围创造来推动进步。一位学生只有通过写小说、写散文、写诗歌，才会有耐心琢磨自我情感如何通过文字获得有效而别致的表达，一个运动员光看教学录像无法成为运动员，只有参加训练和比赛，才可能锻炼体魄，习得技术和战术。文学院从 2009 年开始举办一年一度的文学创作大奖赛，得奖作品汇编成正式出版物，展现学生的创作才能，通过"作品会操"提升创作水准，检讨作品得失，活跃创作氛围。如此持续多届，为形成创作批评与学术研究积极互动之特色打下基础。这样，从"运动员"到"教练员"，今后师大文学院的毕业生无论是从事教师工作，还是当新闻记者，或是从事其他文字工作，不但自己要写得好，更由于自己有了对写作的深切体验，懂得教他人写出一手好文章，而不是只会用几个既有的概念或术语来敷衍出几则写作方法。能力的培养，许多是习得性的，而不是概念性的。方法的"懂得"不见得会写，从方法学习到应用学习，有一大段距离要去亲自经历，也就是说，写作能力的习得具有不可替代性：只有体验过，受挫过，豁然开朗过，积累了一定量的写作体验，懂得自身的天赋如何通过写作发挥出来，才可能找到属于自己的表达路径。光说不练，写作体验是不可能达到深切的。从这个意义上说，此次创作丛书的出版，对鼓励性的创造氛围的进一步形成,将起到明显的推动作用。其影响也将是长期的。

此次文学院创作丛书的推出,其特色除了学生作品系列,更有教师与校友系列。我们知道,福建师范大学文学院的历史可追溯到1907年清宣统帝的老师陈宝琛创建的福建优级师范学堂的国文系科,是全国较早创办的中文系学科之一。历史上,叶圣陶、董作宾等著名作家曾在此任教。著名的翻译家项星耀也曾任教于师大中文系。创作、翻译、研究、教学,这在诸多现代文学人那儿,多是相得益彰、相映成趣。我们无意倡导高校中文系教师在教学、研究与创作诸方面的全能化,但至少应该欢迎有创作才能的高校教师发表文学作品。文学作品创作不像体操比赛,上了年纪的体操教练很难与年轻的运动员一比高低。创作可类比射击运动,经验丰富的老教练亦可充任赛手,与年轻运动员同台竞技,有时还能获得不俗成绩。此次教师系列与校友系列的创作者,既有名家,又有年轻的教师小说家、散文家、诗人,说不上洋洋大观,但济济一堂,第一次如此集中地推出在文学院工作以及在外就职的知名校友的文学作品,既是文学院教师群体创作实力的阶段性总结,亦通过作品的共同展示,了解知名校友的创作现状,深化知名校友与母校的学缘纽带联系,构建以师大文学院为出发点的创作共同体,让在校与校外的文学院文学创作者的各种作品,从各个侧面体现文学院历史与现阶段教学的成果。

文学院这三个创作作品系列,从年龄的角度看,也可视为老中青三代的不同生活与思想情感面貌的差异性汇合,他们都与师大文学院有着种种"不得不说的故事",他们的作品也或多或少反映了在母校生活的各种情感痕迹,当然,这是小而言之。就大处看,这三十年来,在我们这片土地上发生了各种变化与各种故事,然而,无论如何变化、如何不同,这三个系列的创作群体至少有些共同记忆密切地联系着福建师范大学,紧紧地联系着他们共同拥有的中文系和文学院。除了这一颇有意趣的共性之外,他们各自的生活与情感面相更可以让我们激动地发现,我们的同学、教师、校友通过他们的笔,对生活有着怎样的发现,又提供了什么样的思想与审美的景象，这犹如一系列的精神橱窗，让我们漫步其中，驻足品味，或会心一笑，或沉思感慨，或退后打量，或移情投入，说一声："看看，毕竟都是师大文学院的人，他们有些地方太像了。"或是："怎么都是师大文学院出来的人，他们的风格真是千差万别，争奇斗艳。"也许，这正是中文系、文学院应该有的写照，他们为了一个共同的爱好、趣味，曾经或现在正走在一起，他们以各自的思想与表达呈现各种看法，同时，又以他们的笔，共同表达对世界、祖国、家乡以及文学艺术的热爱。

福建师范大学副校长　汪文顶

序二

　　1988 年,我进入福建师大中文系,从那时起,我和文学的不解之缘就开始了。

　　那是文学创作的黄金时代,文科楼教室和宿舍楼里永远亮着不愿熄灭的日光灯,紧蹙的额头和双眉,格子簿上黑色的笔迹,一簇簇橙红明灭的烟头,都在暗示着文学风尚在那个时代是多么为人尊崇。我记得,中文系的闽江文学社云集了一大批文学爱好者。当年的文学爱好者,大多数现在已成了作家、评论家,他们将爱好做成了事业;更多的人,他们在工作岗位上发挥中文专业的特色和优势,在柴米油盐中眺望自己的理想。尽管当年的爱好已默默沉潜到生活的褶皱里,但毫无疑问,我和他们一样,用四年的时光培育了一生的情怀。

　　我们为什么需要文学? 每个人都有各自的判断。毫无疑问,文学让我们更清楚地看见人生和世界,我们在艺术的视距里"看见"从来没有看见的,这也许就是文学永恒的意义。因此我们说文学是一项不朽的事业,所有曾经和正在进行文学创作的人们都值得嘉许和崇敬!

　　热爱文学的方式有多种,一种人以文学创作为终生的事业,另一种人持续阅读文学作品并关注文学的发展,用读者的身份和阅读的力量来影响文学的发展。大学毕业后,我曾经在莆田一中当过语文老师,经常鼓励和指导学生多写作文,写好作文,不断提高写作能力。如今虽然沉浮商海多年,但我依旧对文学创作怀有深深的情结。我愿意做后一种人,虽然放下了文学创作,但永远不离开它!

　　福建师大中文系是一个文学人才荟萃之地,这里有很多优秀的文艺创作者,有的作品还对当代中国文学的发展产生过重要影响,而我也因之受益良多。今天,欣闻"福建师范大学文学院文学创作丛书"即将出版,我非常荣幸能为这套丛书的出版尽绵薄之力,一方面表达我作为一名中文学子的拳拳之心,另一方面我也想对那些依然在进行文学创作的老师和同学们表示敬意!持续关注福建师大文学院的文学创作和研究发展情况,并能有所助益,这是设立"文学创作与研究奖励基金"的初衷。"福建师范大学文学院文学创作丛书"的出版不仅是福建师大文学院老师和学生文学创作成果的一次重要结集,更是一次集体展示,它不仅总结过往,更预示着将来。我想,福建师大文学院的文学创作传统也必将因之迈上新的台阶,继续发扬光大!

福建师范大学文学院 1988 级　　林　勤

代序

　　章团最早引起我的注意，是在他上大学的时候。时值 1980 年代末 1990 年代初，一个理想主义余威犹在的文学时代的晚期，他的文学观念自然也难免受到那个时代的影响。章团在大学期间曾担任福建师大南方诗社社刊《南风》主编，表现出十分出色的组织能力，在诗歌写作上也多有可圈可点之处。1996 年，香港出版的诗刊《当代诗坛》邀请我组稿，我就选用了章团的《削梨》一诗。这首诗可以看做是反映他早年诗歌写作风格的代表作。《削梨》从一个极为平常的生活场景出发，让诗歌情境在当下现实、内心记忆和想象空间之间实现多重转换、层层推进，最后凝聚于一个情感焦点之上，生发出一种堪称强劲的话语表达力：

　　　　在你低头的瞬间
　　　　双眉是一片浓密的山林
　　　　我始终手藏一枚果核
　　　　是否该将坚硬的梨心
　　　　放回你纤嫩的手中呢

　　这种举重若轻的写法令读者眼前一亮，显示出一种十分难得的成熟和从容，无疑超越了一般校园诗歌中常见的感伤滥情或故作姿态。章团同时期创作的《芒果十四行》《秋千》等诗，亦可作如是观。

　　章团大学毕业之后曾留校任教数年，后因种种原因改行，先后做过多家报纸和杂志的记者、编辑、总编等工作，在相应的岗位上都取得了令人刮目相看的成绩。不过,大概是工作压力较大等缘故,章团曾一度中止了诗歌写作,让文学圈了解他才华的朋友们都不免为之感到几分可惜。不过,令人欣慰的是,几年前,章团调到福建省文联工作,执掌《福建文学》杂志等几个文学刊物,算是正式回归到文学圈。近年来,作为杂志社社长的章团,在如何重新激活《福建文学》这份老牌杂志的影响力方面,勉力探索,顺势而为,乘势而上,取得了显著的效果。同样令人欣慰的是,章团不仅从工作岗位上回到了文学界,在诗歌写作上也逐渐实现了自我回归。

与他的早期诗作相比,章团近年诗歌写作的艺术路径有不少新拓展。其中最为突出的,是对于富有东方文化意涵的茶、陶瓷等主题的表现。事实上,不管是茶文化还是陶瓷文化,都博大精深,前人表现相关主题的作品可谓汗牛充栋。现代诗歌如何寻求某种新的表现方式,如何深入发掘相关主题的新内涵,无疑都是题中应有之义。对此,章团的诗歌写作做出了执着而有力的探索:一方面,他把关于茶文化和陶瓷文化的个人化想象,具体落实到铁观音、大红袍、白鸡冠、铁罗汉、老白茶、建盏、德化白瓷等具有鲜明闽地文化色彩的意象中;另一方面,他又能把对这些意象符号的演绎,提升为某种形而上的哲思,从而实现对这些意象的超越。譬如,对于大名鼎鼎的、位列中国十大名茶之一的铁观音的表现,往往很容易陷入某种空洞浅薄的赞美话语的堆砌,章团却并不这样,他别出心裁地从铁观音难以捉摸的香气中概括出一种沉甸甸的英雄主义气质,同时赋予制茶过程一种突出的仪式感:

　　　　山脉拓写着天空
　　　　那草书一般的湛蓝,挥斥千里
　　　　包围了茶园紫色的光晕

　　　　在闽南的红壤地里
　　　　一株小小的植物
　　　　注定要长出锯齿状的英雄主义
　　　　对抗缭绕的云雾

注定要在晾青、萎凋、揉捻和

发酵中,剥下铁的锈色

让铁的灵魂掷地有声

——《安溪铁观音》

　　当然,这里的"英雄主义"一词并不具有社会政治学的意味,它被作者借用于强调铁观音作为中国茶叶代表的特殊的行业地位和文化身份,旨在获得某种陌生化效果,因此刷新了这一常见意象符号的内涵。同样是写福建名茶,如果说以"英雄主义"形容铁观音采取的是一种大词小用的表现手法,那么《半天妖》一诗则通过丰富细腻的个人化感觉的移植、变异来呈现武夷岩茶的独特韵味,同时也折射出某种人到中年方能领悟的人生况味:

当乌黑的条索躺进茶壶

用沸水唤醒往事

静静的午后

在滴落的茶汤里

我还是听见了淡淡的叹息

　　而对这种人生况味的咀嚼、推敲,使章团笔下的抒情主体形象,从一个追求精致生活品质的爱茶者,上升为一个具有大气魄的、洞彻世道人心的思想者:

爱茶的人

坐在晚秋的风声里

花上一生的时间

喝完一泡大红袍

在一杯茶里

一座山的身影

因此荡气回肠

——《岩岩有茶》

如此清隽的思想者形象，显然才是作者所心仪的、能够真正与茶文化的最高境界相呼应的主体形象。

和茶一样，章团笔下的陶瓷，也体现出一个从具象到象征的变化过程。《题建盏龙窑遗址》一诗就是一个显例：

龙窑里已被时间翻捡过无数遍
成了一座剖胸开膛的旧窑
万象怀里
把乌金和兔毫的碎片
抖落成一堆废墟
一本打开的大宋地书
有人因此偷窥到南宋的内脏
破碎成为一种命运

作者在这里先对龙窑遗址的当下现实场景做了一番描述，继而转入某种历史语境，表达了鲜明的批判立场。不过，所谓批判立场，当然并非针对陶瓷文化本身，而主要针对具体的历史事实而发。事实上，在另一首诗里，章团用富有宗教色彩的"修行"一词，来表达他对于陶瓷文化的崇高敬意：

卷入晨曦又独对苍穹
每个清晨都有一个男人
翅膀收起
在老樟树下
坐成一尊何朝宗大师的观音
用粗砺的手打磨情感

泥土在他指尖

听风而歌

——《瓷的修行》

　　一个极度虔诚的修行者形象跃然纸上：他俯身大地，以泥土为语言，全心全力地用灵巧的双手，打造隐藏于内心深处最丰满又最神圣的形象。这个心象，有时呈现为法相庄严的佛像，有时呈现为一把凝聚时光韵味和人文体温的茶壶：

大多数的时候

养一把壶

就是要把时间

养成弯曲的弧线

把那个人

养成弧线飘起的众多尖端

——《养壶记》

　　无论是指向彼岸世界的佛像，还是联系日常生活的茶器，只要出之以修行者的姿态，都能充分体现陶瓷艺术的最佳美学效果。而《火焰要去更远的地方》一诗中的"佳人"，正是这种最佳美学效果的象征：

在黑暗中安睡

洁白的泥土

渐渐熄灭了自身的烟和火

它是时间唯一的容器

一件件摆在生活的桌面

就像我们年轻时

经历的那场爱情

岁月和火的砥砺

站立成一种瓶

那是我绝世的佳人

在这里,个体的生命经验和一门艺术的美学意味融合在一起,并产生奇妙的变化,如同釉和瓷土在烈火中发生惊艳的窑变。

最后,需要指出的是,章团抒写其他主题的诗,如《父亲与海》《梓路寺》《捉刀的男人》等,也多有出彩之处,限于篇幅,在此不一一赘述。

是为序。

福建师范大学文学院　教授、博导

目录 CONTENTS

第二辑　父亲和海

第三辑　夜雷无声

第四辑　吹箫的人

第五辑　彼岸生花

第一辑

莲心有云

银　河

那个清冷的夜晚
纸鸢漂浮而来
群山渐渐褪下裙摆
没有谁能听到风的低吟
花瓣片片摇落岁月中间
我和你　划地为河

只看见光
却见不到水的河流
隐居在高处
日子就悬在空中
陨石随雾起舞
那么多流星闪过
挽不住一滴河水
也无法印下一个身姿

总有两个身影
在无人的河边暗渡
一只手牵着另一只手
似乎这才是幸福的全部

稍现即逝的光影
被内心的闪电击落
在秘密的天边

夜空灿烂而孤立
没有谁能让两段爱情
在一条河流上相逢
并随夜空在银河深处歌唱

叫不出名的钵

瓷不像瓷
陶不像陶的匣钵
是陶瓷在火里的眠床

这烧瓷的容器
历尽万劫
一次次顺从于高温的孤独
每一次静静坐在窑边
等着装满形态各异的泥具
赴一次宋朝里的远行

窑里的火苗越燃越旺
陶瓷在火的海洋里孕育而成
窑里有泥土成佛的秘径
而钵是瓷的一件袈裟

在窑口边
我顺手带回一个
叫不出名的钵
盛上新鲜的泥土
种上莫名的植物
春未到来
梦中已现燃烧的花朵

潮水在远处，我在桥上

越过浦口的那个僧人
站成石头　石头站成桥

桥是河流上的骨架
来来往往的人
披风而过

在水深浪大的江面
站了六百多年
只因生根的石头
裹有吉祥寺里一双守护的眼睛

在那横跨的身躯上
高架一座汽车桥
是谁让一对元代的石狮喘不过气来
一如城市中的我们

潮水在远处
我在桥上
轻轻忘却古桥上所有钢筋和水泥
与宁海的日初一起
让石头成为风景
是越浦的所有希望

晚 春

抬头看看天空
春天已得到自己的妆容

花朵和春风一样吹得到处都是
落花带走了流水
也把别人的眼泪带走了
我错过了那么多白云
不想再错过一片绿叶

春风与雨水
隔着薄薄的一阵风
午后坐在霞浦的葛洪山下
青翠的茶已在元宵节前采完
茶叶没有晚春
只有晚熟的荔枝林
还藏着宋代妃子的身影
水岸边纤细的腰肢
在春风里迎风招展

春天是一件旧棉袄
身上的花花草草总要开枝散叶
我已出门
管他春风吹不吹

钟山古厝

故事压进云朵
在闽南安溪
一个叫钟山的村里
成片古厝遗落群山之中

冬日斜阳淡淡地铺在脸上
我们坐在暮色里
看易氏族人
用一个冬天的白霜
修葺一块平地
陡然空出一片人影

牛羊走失
庄稼的背影早已模糊
荒芜的红军路
隐藏着乡野的秘密
村边
一棵百年相思树下
我们站着
看到她无言的泪滴

仙洞藏着甘泉
有人用一泡有机铁观音
泡出古厝新韵

他们还把溪谷的水拦下
聚成小湖
莲花山应和着风的节奏和呼吸
有人用防腐木在半山腰搭建木屋
小村的心
轻轻动了一下

而此刻
在我眼里
那一面面斑驳的墙
正为族人看守着灵魂

半 天 妖

假如你有翅膀
一定会站在崖顶
举着头上的嫩芽
对着云朵炫耀

当白色的飞鹞掠过
你永远被遗忘在半山腰里
不上不下，不高不低
那是你坚定的站姿

一座山
那连绵不绝的翠色里
留取你体内丰厚多变的香气
你认定自己
有着前世的妖娆

一直拒绝直射的阳光
从你身上扫过
把心中的执念
揉捏成一朵朵卷曲的云
你对着雨，也对着我说
只有在半山上
才可以安静地观赏风景

当乌黑的叶片躺进茶壶
用沸水唤醒往事
静静的午后
在滴落的茶汤里
我还是听见了淡淡的叹息

养 壶 记

三把泥土捏成的壶

经历了炉火

跟随我多年

石瓢，西施和龙蛋

三把壶三个兄弟

从我办公室带到家里的茶几

又来到我新的办公室

在滚沸的茶水中砥砺

肉桂、大红袍和水仙一路喂养

每天都用茶巾细细擦拭

壶身外的光阴散发着迷人的光

这些泡茶利器

每天用第一遍茶水

浇灌它的外形

有时候把委屈和流云也装进壶里

慢慢就可以泡个一晚或者一个下午

为了让它温润如玉

一把壶

就能耗费我的全部

大多数的时候

养一把壶

就是要把时间
养成弯曲的弧线
把那个人
养成弧线飘起的众多尖端

莲心有云

金饶山只有两朵云
山上的云
只做一件事
紧紧绕着白石顶
群峰下沉，而峰尖成为
高空里的岛屿

山下的云
是有骨头的云
人世壮阔，它邻水而居
满山的黄花梨日显
粗壮，它却避而不语

金饶山被唤过几遍
游人恍然记起山脚下的莲池
去数，总也数不过来
清晨里将荷花莲蓬逐一托起
即使花朵凋零
可那些发芽的骨头
依旧裹着莲心里颤颤的云

夜栖九龙江

城市的灯盏
取走了最后的光线
我们像夜里的风
栖息在江面
随着流水飘荡
偶尔有花朵闪现
但只有隐约的香气
一条江的面孔
因此变得神秘迷离

水面宛如一页纸
像我走在云间
岸边有焰火扎入水中
四周的寂静堆积如山
人世的秘密
正向江水深处滑动

坐在江面滑行
一个矮小的灰发女子
走下山崖
去往江上的台阶
浣洗谁的夜衣

若隐若现的捣衣声
有我们未曾改变的曲谱
忽远忽近
起伏在我们的肩头

日 晷

圆形的石头和铜针
站立在阳光下
当空发亮
射向雷霆的指针
丈量太阳和大地
也丈量了祖先的身体

投影中光阴似箭
在石头上，在大海深处
时光潜行数千年
我看到的节气、时辰
依旧是太阳的影子
但已不再真实
依旧是时针的指向
但已拐弯抹角
从失去到失去，这就是我们说的时光

石头不冷漠
影子也不空虚
有人把日晷挂在墙上
我们把影子搬到手腕
不需要太阳的投射
他们在日夜的滴答中

完成对时间的背叛

影子里变硬的钟摆
没有人再从石头上
寻找时间的刻度
有人说
时间有地址和空隙
在一个时间里
足以寻找另外一个时间

鱼

在一个毫无防备的夜晚
一条鱼游进
我闭紧的书房
有着语言外壳的眼睛
注视我微微晃动的心
我急切拉开门
跳进黑暗的夜

多年以后
我跨过自己的身躯
远远地回头
才看清那深渊的投影
并把它当作一件风衣
重新披上
到海边守望
那唯一的一次错过

1991. 2. 20

岸边的母亲

以一种明晰的秋眸
岸边的母亲
看帆裙在风中徐徐打开
船队在门前挣脱锁链

海上的信风
长久地吹过脸颊
岸边的母亲　面向海洋
日子悠长
多少次的眺望
让圣洁的阳光响成一片
在沙滩和渔具之上
竹梭和炊烟交谈
神态安详而忧郁
而双手握紧海上辽远的平安夜

岸边静谧的母亲
面对一片深不可测的蔚蓝
当夕阳西沉的时候
在窗棂上将灯盏悬挂
这岸宇上的灯塔
像酒一样洒在那里
母亲身上已挂着另一轮月亮

1991.6.3

岩岩有茶

怀揣白云的人
行走在三坑两涧
岩石的底层
随手搬来蓝天，流水
还有岩缝上的兰草、菖蒲和花香

岩上有茶
岩下有溪
丹岩千仞，烂石为土
那些看守清涧的嘉木
一站就是一生

时光逆流而来
到水坑旁
上了年纪的老枞水仙
青色的苍苔爬满皱纹
在牛栏坑底
那叶子窄小的肉桂
白天还在回味着夜里的梦香
慧苑的木鱼声中
有水金龟不可思议地爬过
流香涧，悟源涧的清泉
让灵芽因此争芬
石窝里岩峰上的茶

有着比石头还坚硬的骨气

我一直在想
这些武夷仙人植下的茶
春风里被采摘
在一双手里炒青和揉捻
炭火中打坐和滚翻
就成了岩石的心经

爱茶的人
坐在晚秋的风声里
花上一生的时间
喝完一泡大红袍
在一杯茶里
一座山的身影
因此荡气回肠

22

捉刀的男人

一壶茶渐渐凉了下来
一个安静的男人
捉一把刀坐在午后

刀在石上走
石头归石头
尘土归尘土

更多的时候
这个男人从镜子里
取走刀锋和失散的棱角
他是那个早已把自己
刻进石头的人

一把比时间还坚硬的刀
它因腐朽而更为锐利
它随那个男人老去
但那光芒却从未离开人间

春弄花小

——易安居中韩禅茶雅集

娴熟的纤手
静静拨弄春的气韵
异国优雅的身影
连同那裙摆的皱褶
开出夜晚最美的紫花

茶器，花朵，星空
在湖边席地而坐
布衣舞者闻茶起舞
隔着天边的银河
我们疑似两片茶叶
落入一杯茶的倒影里

茶有翅膀
忽展，舞于心之上
起身是禅，入座是禅
禅定如山，山在云之外

几乎无人前往春夜的另一头
那踮着脚尖的人，那
凝望的人，正穿过茶香小径
醒于湖水的微光

秋日，去河的对岸

突然转个身
梧桐叶已变得凌乱
远处的蝉在心底
一遍遍鸣叫

夜露早已沾鞋
秋风无声响
独坐在无边的黑暗里
很想找一个盲人
给自己的骨头
拔一次火罐
成为灰烬的将逐日剥离
不再闪现

天凉好个秋
可身体里的火还在蔓延
我能摸到废墟
梦中，又长满嫩蕾

从去年开始
我就惧怕内心的老气
秋不经意地来
身体是热的
河水的反光却如此清冷

我的手心已看不见
昨日的天涯
几片叶子停在那儿
好多天了
风吹来，它们跳跃几下
尘世里不再有他者
代替我，来到河的对岸

父亲和海

父亲和海

一个渔村
八个老人九颗牙齿
少了一颗牙
大海没有任何知觉

重阳刚过
夜雨不带翅膀
滴在父亲年轻时修建的灰瓦上
悄无声息
一支蜡烛渐渐熄灭
父亲就这样永远地离开我们

海，是一只眼睛
我们送您上路
灵车载着厚重的棺木
路过父亲曾经跋涉过的山山水水
遇见一座座桥，兄弟姐妹
都要向您说一声
"父亲，我们过桥了"
在白花花的阳光下
让您记得回家的路

排着队的殡仪馆里
我们静默等待的
是父亲八十六岁的一副干净的白骨架

大哥用手一点一点地
把您装入骨灰罐中
我和弟弟，还有两个姐姐
一直喊着
"父亲，坐直，坐直"

几天前您耕种的三畦生姜
还青葱着插在城门外
曾家的祖坟
还在后山高高的山坡上
我们怕您太远太匆忙
兄弟三人就着那半亩田
挖开靠墙一角
给父亲搭建临时的小坟
那一小块地就是父亲身体的尺寸
把全部的骨和灰
寄放在这里
就可以再守这半亩三分地

读过私塾的父亲
写着一手好字
他只能在鱼背上写字
记下大海带给村里的渔汛
从小到大
没有见他坐过船
出过海

一条鱼的背上
没有父亲放下的一片丝网
他不属于门前那片汹涌的海

只把自己的一生
让一扇窗远眺着
门外蔚蓝如天的海
他就像是卧在一条船上
大海上的波涛起伏　风云变幻
永远在他眼皮底下

我不知道
他是不是用心漫游了大海
也迎接日出日落　潮涨潮汐

窗外的海是时间的足迹
有条不紊地敲打着房屋
看靠岸和离岸的渔船
还有船上人的影子

一生没有到过大海
他只负责岸上的运输
鱼虾爬上他年轻的肩膀
而海越来越远

在肩挑臂扛中
海味和鱼腥味浸染了
他的胸腔
某种程度上说
他就是个地地道道的渔民

一根扁担　一把锄头
系着他一生的两端
他用锄头在田里耕作

钩出的是地瓜和萝卜
他也挑着箩筐
但装的是渔民从大海上
捕回的鱼虾
那些在海上属于大海的鱼
挑在他肩上
他一直怀疑
会不会在海的后面
还有另外一个海

他有时想
山上的水流到最低处
是不是就变成大海
他只知道
鱼和庄稼一样
收割了还可以再长
人靠这些来生存和喂养

朴素得如同一根稻草的父亲
一生寡言少语
他用米酿酒
酿出来的酒自己独饮
十年前疯狂的"桑美"台风
扫过大海和村庄
他坐在落日的礁岩上
看见村里的渔民
在台风中倾倒
他默默地
落了一次泪
那是我第一次见到他掉泪

八年前母亲离他而去
一天中午我从省城
回老家看他
只见他一个人端着一碗酒
在抹眼泪
那是我见到的第二次落泪

那以后
他像庄稼一样
渐渐枯萎下来
背越来越驼
然后是腿和脚
似乎撑不了即将倾倒的身躯
他总觉得自己还能挑得动大海
可却再也挑不起
一只小鱼和小虾

今天是父亲的周年祭日
天空和远山一样沉重
我静静坐在
老屋的门前
想用笔给他刻一块碑
不远处的海面上一片空茫
大海却响起他一生的脚步声

2016. 10. 17

孤独的树

一棵树
幻想着回到森林里
它看着其他的树
有如看着它自己

对城市里的树来说
它有更大的孤独
它极力伸展枝桠
直到触及另一棵树
它才相信
自己仍是一棵树

人比树多
人们不停地挤到一起
其实只有一个想法
他们想证明
活着的人是否比树还孤独

大漆给时光上色

　　——读汤志义漆画有感

用漆树割下来的汁液
把河流凝固在麻布上
除了发光
还有轰鸣的声响

打捞上来的老船木
结着海底的伤疤
时光在上面
跳着自己的舞蹈
大漆一层层泼在年轮的肌肤上
一遍遍打磨
为的是把大海折叠起来

有一天，我猛地看见
一把大漆的摇椅里
坐着一个影子
晃动　沉默
有如那个走向世界的人

阳光把你印在墙上

那座我回不去的红砖老厝
你也回不去了　虽然
那扇窗还打开着
你还在等那一声声
摇橹的桨声

水路早已凝固
岁月把船头回首的身影
轻轻抹去
鼎沸的闹市
全部停在水中
只有阳光和风
还时常翻动那些红瓦

我来的那天是晴朗而明媚的日子
阳光把你印在
斑驳的灰墙上
那墙壁还在回味着岸边轻轻鼓荡的潮汐
你手扶光阴四射的竹椅
想着遥远淡淡风一样的气息
竟也蓬荜生辉

没有一滴水是多余的水

一缕山泉

一把清风

顺流而下　翻山越岭

保持着出发时的澄澈

水里储蓄着绿色的山草香味

没有一滴水是多余的水

水在云之上

江在水之下

那天上午

我站在闽江最上游

看荷的玉立　五谷的手势

看一条江载着天蓝色的鸟鸣入海

我推着石头上山

抱着水回家

瓷的修行

一个陌生的人
在古窑旁
用一盏茶
把红尘和繁华
挡在岸外
造一座自己的宫殿
与山对饮
和飞鸟对话
还守着明朝的窑火

卷入晨曦又独对苍穹
每个清晨都有一个男人
翅膀收起
在老樟树下
坐成一尊何朝宗大师的观音
用粗砺的手打磨往事
泥土在他指尖
听风而歌

只为留住心中
这一片片小小的泥胎
他抱来成捆的柴薪
让天空瓷一样白下来

在火里打坐
空心的瓷
比月亮还透明

安溪铁观音

山脉拓写着天空
那草书一般的湛蓝，挥斥千里
包围了茶园紫色的光晕

在闽南的红壤地里
一株小小的植物
注定要长出锯齿状的英雄主义
对抗缭绕的云雾
注定要在晾青、萎凋、揉捻和
发酵中，剥下铁的锈色
让铁的灵魂掷地有声

这多像昔日上山打猎的乌龙将军
将一株茶树
射入一口铁锅，从此每片茶叶
都是不朽的箭镞

即使面对滚滚沸水，也不能让
一粒茶米
改变铁的籍贯。官话最终没有征服
闽南口音，改朝换代也从未
征服他甘醇滑润的金色传说

整个下午，我坐在水泥丛林中
每一口清茶，都有兰香回归血脉
每一次冲泡，都能看见
白马弯弓的身影
正带着南方的春水和秋香
回到安溪

一个人的跑道

清晨
踩踏着早起的鸟鸣
看见城市里扫地的人
正扫着自己寒冬般的脸

空空的跑道
只有我和自己在奔跑
摆动手臂，迈开步子
呼吸，再呼吸
没有观众，更没有喝彩
我只顾向前跑去
留下一串像风一样的影子

狂欢之后的跑道更加空虚
废墟般的喘气并非终结
偶尔有人和我逆向奔来
也不交集
我只顾听着自己的心跳
有时让影子和灵魂离开身体
跑出老远

跑道下掩埋着
许许多多的脚印和汗水
不久前的那场雪

也没有覆盖住什么
飞翔的鸟儿都有独特的翅膀
就让天空与跑道，握手言欢
脚步与影子，推杯换盏

梓 路 寺

轻如秋雾的古寺
在徽州的墨色里耸立
圆塔高过蓝天淹没白云
一扇门醒着
同行者心照不宣
只有缓慢和寂寥

把深秋捏进米粒里
捧着两只碗
过堂的手臂
放开三千亩的奇墅湖
我止语
这时的心就是一粒微尘

湖水之外还有湖水
钟声之后还是钟声

月光拍打禅院
胸中的雪山
披挂着神性的身影
星辰划过天宇
碑立静处字无声

火焰要去更远的地方

当柔弱的泥巴
被轻轻扶起
火焰要去更远的地方
而泥胎有了另一副身体

夜里的古窑
吐着无数支的焰火
犹如山野的花瓣
照亮天宇

泥胎已远离尘埃
把火抱在怀里
火给予触摸和亲吻
它变得光洁温润

在黑暗中安睡
洁白的泥土
渐渐熄灭了自身的烟和火
它是时间唯一的容器
一件件摆在生活面前
就像我们年轻时
经历的那场爱情

岁月和火的砥砺
站立成一种瓶
而那正是我绝世的佳人

和郑樵握一下手

夹漈山下的你
眼神澄澈
脸上刻着密密麻麻的孤独
你天生如此
一个人独自坐着
云在天边　风在肩上

躲进山野的你
在历史的禁树上
采摘果实
一本《通志》
将前朝的时光一一抖落
草堂的屋檐下
我静静谛听
九百多年的滴水穿石

久久注视你如山的静默
你突然伸出从没放下过笔的手
粗硬的手掌
握着我小小的右手
我的骨节咯咯作响
感觉你手心里有一枚
小而坚硬的果核
阵阵松风

于我掌纹间默默潜行

当月亮扯起你的衣袖
你还独坐着
像一本更厚的书

摇　青

黄昏和手掌一同暗了下来
晚霞和山脉
都是掌纹
托着一公顷的阳光
在风的身体里
发酵出叶子的青味和香气

以竹筛为祖国
以麻绳为军队
双手中隐藏着条约
让幼嫩的叶子适应成熟
让苦难的残水沿着叶脉
探测深邃的命运

今夜，所有的茶树
都选择隐姓埋名
纷纷放下袖里的刀剑
用发酵忍住悲伤
在皲裂的掌心下
漾出观音的慈怀

当生活的史志被一再涂改
唯有茶叶仍醒着
像一颗颗经文，劝诫人们
褪去兵甲，披上袈裟

安静的时光要留给自己

晨雾刚醒
梦里的天空下了一场雨
早起的我
为自己泡了一壶茶

有人说空腹不宜喝茶
也有人说习惯了就好
我每天只是
认真地煮水、洗杯、温壶、投茶
然后泡开满山的
花香、果香和音韵、岩韵
用一杯茶
洗去体内残存的浊气

一芽一叶一枪一旗
彼此认真地交谈
多数时候
泡一次茶
就是把最安静的时光留给自己

昨夜醉茶

繁华停歇的夜晚
沸腾之下茶汤现出层次
醇厚　温润　饱满
一种三坑两涧熟悉的味道
扑面而来

厚厚的夜墙上
有人打嗝
跌跌撞撞的灵魂
在茶香里四处游荡
躺着的肚皮里
鹧鸪鸟在不停鸣叫
扑腾的鸟儿陆续高飞
我在雷声之上
仰望岩韵的天空

在茶汤里迷醉
体液也沁着茶香
心都没有了一点缝隙
朦朦胧胧地迷失在
云雾缭绕的茶园
我抱着一棵又一棵茶树
辗转反侧

天空渐渐明亮
清晨是崭新的　我刚刚醉过
没有人体验到
四肢柔软如一片春天的叶子
微醺的面容写满岩骨花香

观千层崖瀑布有感

铁红色的断壁挂着无数道
光，雌性的水白而无暇
这是千层崖瀑布
在山中，在深渊之上
它是秘境的一部分，也是我
得以裸露的根源

我的草木如此卑微
可那山崖，那筛下的雨雾
同样藏着飞舞的灵魂
也许这世上所有高不可攀的
东西，都不在眼前
在身后，如替身般轰鸣

峰峦还是旧时的峰峦
谁也无从得知，此时此刻
在我和瀑布之间
有潭，有深不可测的幻境
而那唯一发声的人
正浮于水中，等待彩虹

耳　环

耳上摇动的风景
把一地的旧时光
铺成银色
沿着苗家的那片竹林
一条鱼就可以逆流上岸

在众声喧哗里
娴静的女子
如一阵清凉的风
吹动耳边的两朵白云
你不说，我也知道
薄如蝉翼的叮咚声
一定有他的亲密耳语

有时候
耳环就是成熟女人的
两只翅膀
不是为了飞
只想把昨天暗夜里翻身的梦
在清晨
轻轻挂在耳鬓厮磨的位置

际面桃花

从云朵到果实
中间只隔一片桃林
桃红是天际的星辰

在五华山脚，古田际面的桃花
举着自己的舞步
像从飞天袖口里
甩出的一段心跳，缓慢
不易察觉
它们让一丛古树的海拔
悄悄高出了群山

唐宋的女子
在桃树下摆放茶席
她们心里有桃花的花冢
对着月光
进贡桃花的眼泪
让自己和桃花做一次
惺惺相惜的对饮
画者用笔墨描绘春色
更有人将桃花藏进心底
发酵那些陈年的旧事

春风十里，花瓣有声

唯有这苍天的蓝
才配得上易逝的红，唯有虬干
坚韧的墨色，才守得住
一年一度的清艳

遇见桃花，美才刚刚开始
这些用岁月养护的桃林
一开就是一生
一生也只有一开

去年的桃花语

搬走《诗经》里的桃妖
放不下的绒毛就让它种在经年的山谷
春天里藏着桃的初心
雨水到来，如同我正离开
古田的山坡上已长满诗词

桃花是每个人的签名
一趟古田际面曲水流觞
盛大的春色凝成一片桃花语
花朵里有远行、原谅和修补
花芯挺拔，花瓣紧锁
不经修辞的事物
它就不会被看见、承认和记忆
春风里没有旧物
那些低下头颅的果实都已掉进土里

春天里切下桃花的一面
用金色、水墨和文字
固定在每个人的心底
只有我知道，我对桃花的想象
依然词不达意

立　　冬

傍晚的天

被秋的灰烬点燃

云朵在天空为所欲为

一团团野火

把大地也绣上玫瑰的红

一片燃烧的云

系住今年的立冬

草木凋零的季节

万物正趋于平静

秋与冬的交接处

落日的脚

踩到山顶的茶园

有人心疼那傍晚的天空

而你懂得用一片云彩系住我

让我抬头就能遇见美好

明天开始

我要用这片云取暖

第三辑
夜雷无声

青蛙在夜里出没

一只青蛙扑腾一声
跳进水里
把我想的一半心事
就此打断

夏夜蛙声一片
它们集体在深夜里出没
夹杂着小区的鼾声
有时会惊醒晚归的路人
有时把我身体里的秘密
都喊了出来

阳台上有冥想的人
迎接一朵悄无声息的白色落花
许多夹杂着蛙声的身影
与自己的失眠对抗

像青蛙一样
暗夜里也会有人
突然跳下高楼

镜像悬浮

在 咖 啡

是那杯咖啡在叫我
还有叠在空中的书本
一双搅动咖啡的眼
把我翻了一遍又一遍

在咖啡
停留一个往事
就会看见背影
很像窗外的春天
雨说来就来

软软的咖啡
躺在我的怀里
入口即化
没有人能把它抱起
记得一些苦
记得一些甜就好

一杯"蓝山"下肚
陈年的石头即刻化掉

舍得，舍不得

禅定的身体
像一座座小小的岛屿
把一间教室围成一片海
不惊，不恐，不畏

中途有一场大雨
刚好落在灵魂的天空
时光已在屋内凝露
我们放下身体里的雨滴
一壶水，一片天，一个人

有《金刚经》挂在墙上
美是生命的常课
心需要一寸寸打磨
如是，我闻

假如舍得是一面镜子
我宁愿走到它背后
一遍遍地擦拭舍不得

树和鸟都睡在水中

透过花朵仰望天空
那些涟漪
是我的呼吸
在层层叠叠夜的下面
等待枝丫发芽
翅膀再次打开

树和鸟都安睡水中
自足而眠，风姿绰约
在悬坠的枝头下
倾听江面颠倒的声音
江底垒起的心事
无人能撬动

水面有无懈可击的波纹
水底下的情人
只有单薄的羽毛
那些追逐鸟儿的人
转瞬间
变成了飘荡在江面上的回声

夜雷无声

窄窄的敖江，醒着
夜的薄雾
把持着起伏的山峦

河里的石头上了岸
水草，拦下河流
诗人在岸边走了很远的路
那儿只有鹅卵石的足迹

微风真的明亮
偶尔带来丝丝细雨
有身影聚合，不可辩驳

山水之间
所有的脚步有如落花
不远的灯火，就亮在身体里
多年成长的树木
见证着夜里天空的沉降
冥冥中，已有智者
并肩越过山峦

夜里有雷，只听到雨的
声音，笼着大地
草木依旧无声

它们长于僻静处
如我们，怀着巨大的饥渴

夜雷过后，敖江如此绵长
水涌，有人梦见了漩涡

枕水泡茶

这些水，碧者如瓷
仿佛是时间的人质
低低的船舷贴着水面

火在江上，壶在火上
一泡茶捏在掌心

一群人用茶
泡开一江春水
也把火焰送入深渊
茶香在江心弥合
茶水和江水分居两边

独居东南
在一条江中跋涉
端坐江上的茶
失去了岩石的坚硬
只有绵柔的陈述
竖在夜雾里

枕水泡茶
可以将九龙江泡窄
将滑行的时间再次泡长

闪电把花朵赠给雨丝
微倾的茶杯，晶亮而醇厚

夜晚被水波点亮

月亮和星星

都沉睡在九龙江里

夜的眼睛隐入群山

世界在影子当中移动

粼粼发光的江面

摇动的小船顺江而下

江岸的光跃身水中

黑暗中的脸庞

变幻莫测

水波的身影一层层剥开

水波在夜里长袖善舞

波光把一条江的精灵

打开又收缩

收缩又打开

巨大的夜的眼睛

摇曳身姿

直到江面的风吹来

穿过空空的水波

与柔软的江水倾心交谈

像倒映在暗夜里的一枝百合花

修长的身影华丽而孤单
水波让船上的人
内心燃起灯笼
直到风吹灭

老　茶

久已消逝的，将为我呈现原型。
　　　　——歌德《浮士德》

老茶是另外一种茶
披着母亲的旧衣裳
守护着村里的老宅
有着古井一样的幽深绵长

在时光里轻轻发声
就像一个人
慢慢走着走着
就多了白发和苍茫
有人把旧日子
扫进坛里
一坛坛装到墙上
储蓄住香和韵
静候时间的转化
在黑暗中就着眼泪和汗水发酵

低沉而又醇厚
开阔却不失爽朗
用沸水冲泡开来
一层层脱去风衣
慢慢呈现初心

人世和沧桑

各分一半

去往我身体的流水

在另一个时间里看到

过去时光的真相

时间垒起的茶

重峦叠嶂，山山而川

茶汤中的生死

一生的努力

把芬芳重新咀嚼一遍

拧干丝丝的苦涩

旧日子一片一片挂起来

像一匹绸缎

包扎着我身体的暗伤

月光梵心

皓月当空
擦亮暗夜中无边的宁静
紫箫横吹
通往月宫的路
只在梦中经过

百合花的山谷里
睡着一个玲珑的故事
谁的裙角抖落露珠
惊醒黎明
远行的姐妹
背负一身的清辉
迎风而立
低低的帽沿下
半明半暗的双眸里
栖着最亮的一簇月光

如水的女子
我们生命上的月光
折叠起春天的道路
划着月亮船
在银亮的大海中轻轻摇荡

1994.7.3

对　　视

天空落下云梯
整个世界只有两种眼神
被隐没的，与那重新被燃起的

一只鸟比我早起
一朵花绽放于水中

早起的鸟儿隐于睡莲的池边
突突的叫声吵醒了梦中的花朵
它空洞，却留存意外的身影
我期待那炫目的金色花蕊
会像鸟儿一样飞翔

这一次，我看见
早起的鸟儿要与一朵花对视
风中有无数的弧线
正如在生命的某个瞬间
云朵翻卷而大地沉默

与一朵花对视
一个人将于雷声中复活

东方美人

谁凝香而立
在一壶水中
红、白、褐、绿、黄
徐徐舒展五色缤纷的曼妙
来自东方的琥珀金汤
由此倾倒英伦的时尚

白毫乌龙，树的叶子
借道天空和白云
做青和发酵
不经意的一瞬
蜜香和果香款款而来

成片的茶园膨风而起
只让小绿叶蝉
啃去一角的青葱
留下一叶的残缺
却自有暗香浮动

这个下午
时空沉醉在裙摆里
美人早已留下浅浅的微笑

白 茶 帖

清明前的月色
在早晨萎凋
一片离开茶树的叶子
披满春风的绒衣

阳光斜斜打在脸上
微醉的身体
卷曲着一整座山林
就这样软成了白茶
叶脉上只有山野的清香和甘甜

一年茶，三年药，七年宝
有人提着磨损的时光
进行一场空间接力赛
时间给予的味道
我又还给时间
而昨夜的雨正是你
多年前退出的江湖

寒冷的冬季煮沸一壶老白茶
有人在暗夜
数着发白的头发
以及那条逆流的河水

旧火车的眼睛

一条遗弃的铁路
早已习惯了没有轰鸣的心跳
偶尔还有行人
挖出生锈的话语
让人窥见过往的风尘

这座年轻城市的第一条铁路
现在成了种满记忆的公园
穿城而过的巨响
压进公园的墙面上
曾经被烟煤熏黑的隧道
像是旧火车的眼睛
那些藏着离愁和睡眠的月台
向我们展示生活的痕迹
没有列车的空空铁轨
仍泛着宁静的疲惫

没有被剥夺的目光
每个人
就是一列火车
他们都跑在厦门的文曾路上
沿途有人上上下下
一段旧铁路成了一座变压器
有人因此追上了时间

有白鹭穿行大漳溪

初冬的溪流清冽凝炼

远山缩成一片散淡

用一条溪做背景

白鹭在水面写下诗行

轻盈，灵巧，浅尝辄止

像我小时候抛出的一枚石子

它的灵魂

在更远的地方滑行

芦苇弯着迷茫的脖子

从低处仰望天空

要了解一条溪

须得走遍群峰

一群白鹭

沿岸扇动翅膀

它们平行没有交汇

在溪中

石头里的风

印着生硬和冰冷的微痕

第四辑

吹箫的人

秋　千

　　每夜每夜　一个女人
　　悄然踏上旅程
　　　　——保·艾吕雅

泛着泪花的夜晚
我看见秋千悬挂在天空下
发着凄凉的光
身影来回漂浮着
秋千从空中闪过

荡起来的秋千
玲珑剔透
如一枚成熟的果实在枝头闪耀
在它眩晕的上面
从低点到高处
从高处跌进低点
远离我们安静平常的日子
大地和天空四周倾斜
我们已经在秋千上荡过
没有人能在浪峰上停留

有时
远离天空和大地的秋千
会突然响起许多人的声音

整个季节它都摇荡

只是为着悄然证明

只有行走才不是寂寞吗

1991. 12. 6

芒果十四行

盛夏的果实

这燃烧中的果树

我梦中的果树

林荫般插满我家园的大道

橙黄鲜艳的果肉

吮吸中的香甜

这令我怀念的美丽玲珑的芒果

总适合在夜晚采摘

芒果成熟的山岗

一个诗人反复吟唱

阳光中绚丽的芒果树

小妹即将出嫁

站在枝头忧伤的芒果

我看见你摇着小手却无法停下

1992. 7. 2

船

借着绳缆移近你
在一段喧哗里
随着浪尖起伏
便开始了一种航行
居船的人儿
一生都摇摇晃晃

船里船外泼满水声
在海里你就是鱼
却又以鱼儿为生
没有人知道
你行水脊上
岁月缀满的疮痍
才是你明亮的眼

很多时候
我们无法深入船的本质
只好坐在船上望着海
海不会给予一切
也不会消失

既然是船
就应该这样也只有这样
哭泣或歌唱
海终归是船的路

1991. 2. 20

在初越家读诗

六月的阳光

从闽江的边缘收起

这是一个吹着凉风的傍晚

我在街边独自行走

数着这城市最具体的门牌号码

上渡路闪进我的记忆

我在寻找一户洞开的房门

初越家在 290 号院里

在这四周幽静的家中

站在阳台的我

看见城市傍晚的炊烟升起

闽江在我俩不远处喧哗

亲切的月亮没有上来

薄暮里沉静的诗稿

在我们年轻的手中翻动

我们的话语把所有的角落照亮

奔突的激情

在这小小的阳台层层叠起

有一种幸福

轻轻落在我们的肩头上

熠熠发光

附：这是 1992 年 6 月 20 日在陈初越家的一次经历。陈初越曾任《南风窗》编辑部主任，现为严复翰墨馆副馆长。

春天的蝴蝶

春天的花说开就开了
天空飞进一只新鲜的鸟
季节缤纷的翅膀
便填满洁净的午后
在我耳畔扑腾闪现

最初的蝴蝶
微含着淡紫
一朵飞翔的紫花
牵引着我明亮的视线
树梢上一支纯美的歌
飘进一片薄薄的白云

那春天的蝴蝶说飞就飞了
只有我饱含年轻的泪水
坐在对面的秋风里
想着她改变我的日子
所有的颜色
念着天已渐凉

1993 年春天于石井

击　桨

我知道
水在我们的双臂之下
浩荡渺茫
击桨的歌声
就在水里被围困又被释放

血气方刚的人们
坐在这条流动的河上
为了不随波逐流
桨击进紧硬的水里
看两岸青翠的山生动地隐约
白色的花朵缀满桨的四周
击桨的过程
让我们记取涉水人的双脚

当小桨在弱软的水中消失
我不能说出我的孤独
又有谁会在月下击桨而歌

只要握紧一根桨
就可以划遍天下
无论什么时候
桨击夜水而摇向你
给我黯淡的生命
以激昂的背景

1992.9

一片茶园

一朵云离尘世稍远
一株神奇的植物
在山坡上静静守候
一个声音说：
"你来，无论大风大雨，我都要去接你"

跟随鸟鸣的指引
在茶乡安溪
天空高远而湛蓝
四周的茶树堆成山
风撩起她的秀发
茶香点缀摇曳的腰肢
一个声音说：
"你走，我不送你"

春雨来临的时候
随手把我插在
一块红壤地里
我会跟着铁观音茶树一起发芽
学会蹲在山嵋
独自呼吸

冬季里我回到水泥森林
那茶园留给我的一切
让我在尘世有了另一颗心脏

洪湖水浪打浪

熟悉的湖水从天上来
给我们粮食和爱情

洪湖水浪打浪
湖上的水永恒地流淌
让许多生命渐渐
接近纯粹

湖面开阔　水流如初
鱼虾的脚步温柔
父亲抓着橹
摇摆里
鱼儿靠近船舱

岸边是家园
晓风中的花儿绽放
母亲的身影
晾晒着炊烟和渔网

永远都是那一双双朴素的手
伸向大地和水中
天色黑下来湖面沉寂
大门外延展着
一片汹涌多汁的园地

疲倦的人们在黑夜里

渐渐睡去

洪湖水的歌声从高处阵阵传来

1991. 10

咀嚼花鸟的人

——题赠画家孙健青

一个行者
在森林公园里
学习飞鸟，把翅膀敛在肋下
为自己拣枝搭窝

笔墨划过纸背
草木因此生魂
花鸟有了自己的心跳
陶土上的精工细描
流水涌上星辰
荷香开在深处
他把精灵植入瓷板
一只金猴有了流连忘返的眼神

秋日武夷的云翳
连同东海上的风
迷漫而来
逸放的男人
每天咀嚼着花鸟
心底长出的三叶梅
缠绵着清澈如洗的旧时光

洗练的手
从丹青里取出山河与村落
在花鸟袅娜的身影中
刻下字和肉身
咀嚼花鸟的人
把自己也咀嚼了一遍

白 鸡 冠

在岩茶乌黑的家族里
披着白光的只有你了
状如鸡冠，有着细绒的茶树
既便在清晨
露珠也含苞待放

一千多年的繁衍
它和武夷山众多奇茗
有着绝然的区别
一点点白
一些些淡
让月涧云龛
植入柔软的身躯

我在春天里煮茶
满壶的愁绪和兰香
一个少女的梦
披挂在九曲溪岸
夜里
一个白衣少年越过了山梁

湿地公园观鸟有感

一群鸟
在江海的衔口处
踏浪起舞
我躲在星星背后
想听清闽江入海的声音

天空之上只有天空
没有一朵云可以驻足
那擦肩而过的
都是飞翔的影子
苍茫之间纯属鸟类的净地
河口水域，潮间带河滩
一片空出的湿地
成了从云端到人间的理由

飞鸟的姿态
就是把天空的事物
横放在大地上
鸟儿扶着水草前行
流水、沙洲、芦苇和鱼虾
是越冬的口粮
候鸟迁徙而来
巨大的地球
在鸟儿的翅膀下

骤然缩短了距离

湿地上写满鸟类的诗篇
它是鸟的天堂
只有在这里才能收起羽翼
黑嘴端凤头燕鸥"神话之鸟"
因此有了追逐和嬉戏
给了我们展翅的姿态

在湿地观鸟
借用鸟的眼睛
才能在空中看清自己
而飞翔就意味着诗意地栖居

当我碎了

当我碎了
阳光就把我洒了一地
路边上堆满的瓷片
都是瓷的孩子

那个晴朗的早晨
忘记了是滑落还是跌落
或者我从窑中醒来
就已抵达破裂

当我碎了
一不小心
自己会刮出自己的血

当我碎了
也有可能静静躺在
宋朝的海里
直到一阵凉凉的风
把我唤醒

有一天
我被磨成精巧的饰品
挂在竖起的脖颈
或者贴在某堵墙上
你们将倍感惊讶
掉碎的心为何如此完整

古道上带露的脚印

古道在脚下，沿着水边蜿蜒
一个人在时间的倒影里
摇晃，清风扶不住
崖石也扶不住。一群挑担的身影
路过时吆喝几嗓
山更挺拔，水更清幽

闽盐赣米磨砺过的石板
虫豸还从那儿爬过，偶尔转身
触及青苔和中草药遗弃的
体香，它们略显不安
大半个时辰，它们保持静默
鲜有他者为此而停下步伐

这是宋朝古道，又称高峰古道
先人早已仙逝他乡
尾随者接踵而来，从谷底
越溪涧，真正上路了
流水在前方，飞鸟已在后头

老 烟 囱

一根没有倒下的烟囱
不冒烟，不吐雾
空余一副硕大高直的身躯

它有一些伤口
但不流血
它有历史的旗帜
可是没有了火的洗礼

站立在废弃的烟囱下面
我只能把它当成
烟的固体
它曾经把钢铁烧得通红通红
那时的烟囱比钢还硬

谁还在找寻曾经燃烧的火焰
它坚挺不屈的样子
总让人想起
拔地而起的袅袅往事

傍晚的烟囱
倒在一杯六十岁的老茶汤里
他们叠加的一生胜过历史的晚霞

吹箫的人

吹箫的人
坐在七月的河边
没有月亮的晚上
远方的情人消失夜中
箫孔在指尖中圆缺　婉转如云

失眠的乐谱
漫过湖面上空
总在雨下尽的时候
吹箫人孤独而行

夜深的路上
吹箫人用浓浓的影子
惊动一岸露水

吹箫的人
拨弄着长穗
倚在一株凤尾竹旁
等待秋水来临
让日子浑浑地沉浸在
这冰凉如初里
让一条流动的河同血液一起
横在洞箫下面

1991. 10. 7

为春天持诗

又是春天
这雨水充沛的季节
花朵盛开中的季节
那幢洁白的小屋总是依旧

封锁一冬的雪已经融化
软弱的阳光晒暖我的后背
为这一年后的春天
我又双手持诗

身在荒芜的原野
这曾叫我流泪的春天
你不知道是谁站在
孤独的山岗上一次次眺望

麦秸和稻草堆在寒冬里
去年的往事都已收割
这是刚开始的春天
走在来路上
河流不远
种子下地
春光明媚
我摇着还未长出绿叶的枝条
想告诉你我明天的幸福

1993. 7. 2

往　事

走过那片沙滩
只能望见海贝被遗忘的怜悯
岸边的礁石开满祖辈殷红的脚印
树一根桅杆我想远航
远方的海面留存着你的思念

在临海的红房子里
我日夜打开一扇窗户
让海的气息淹我的梦
淋湿我睫毛的是你的泪吗

父亲的渔网还晾在礁石边
我的小船早已搁浅成一方风景
我该怎么去深海
打捞你一网的温存

坐在礁岩上
我全身披着海藻
数着远处你经过的风帆
能化成鱼吗
游进你心深处

1989.8

蓝 花 楹

春天跑过的地方
满树的紫花悄然绽放
紫色的蓝花楹就像一个个风铃
在风中优雅摇曳

她是江南古典的女子
婀娜细腰　清丽动人
紫云本是她的别名

从初夏到深秋
花繁如云的日子
在江南的雨巷
一不小心就踩到她浪漫的身影

多情的紫光
是在我睡梦中跌落怀里
清香美丽的脸庞
楚楚可见

梦中燃烧的花朵
短暂而激情的告别
只为了信守季节的承诺
那叫蓝花楹的你
是我渐行渐远的牵挂

1995. 2. 14

彼岸生花

微光与歧途

四野寂静
一片又一片的树林
独自生长，如那清泉
有微光却不见歧途

红豆杉和钟萼木
每天都把身子投入水中
河流变得繁复，几乎无法证实
那里还留有紧密相连的天空
几百年的守候
没有一棵树在证明它是树

夜里突然就有风声
泛着蓝光，树梢上的月儿
往上爬，也就没有黑暗
赶着我去远方。一条江醒着
那些树，比梦还轻
比我的孤独更为耀眼

鸟，看见了谁

一个人
目光装在云上
把天空穿出洞来
天上的事物抓在手里

在人群中
他有鸟的发音器
还有鸟类的语言系统
如果有翅膀，他就会是一只鸟
在鸟群里
他却是一个隐形人

众鸟喧哗
鸟声里只有他读懂
天空和飞翔，远方和羽毛

一个在城市边游荡的人
曾经用声音诱惑飞鸟
颤抖的手捕获眼泪
而现在
他用大片的湿地和浅滩
留守鸟鸣
让一千种声音降落
仿佛因此获得了鸟的人生

翻修一座老宅

我来的午后
鸟鸣在敞亮的天井中
停留片刻
她们的耳语
掠过湛蓝的天空

一座荒芜的老宅
四肢无力地躺在乡村
似乎已延续了死亡的命运
木梁和斗拱渐渐腐朽
青石板和黄泥墙倾斜而下
曾经的白衣少爷
一定也扶墙而过
是风把一切吹倒又轻轻扶起

翻修一座老宅
就像是打扫一段旧故事
一百八十年前的点点尘埃
在阳光下跳起了舞
松垮的骨架，在一双热手中
聚拢，挺直
那些旧桌木、竹制的脸
都会一一浮出时光的表面

有人在温习古老的砌墙术
一座老房子被翻修了一遍
依着旧门框
我把"立修其志，读圣贤书"的对联
一口一口吞下

夜晚来临
用一座城
把自己收拢在屋檐下
方正的中堂里
似乎有人来来往往
他们的面孔也渐渐模糊
那些曾经属于祖先的
而今未必属于子孙

削　　梨

雪亮的水果刀

沿着青青的外皮

以流星划过的弧线

削卷去一圈苦涩

让洁白色的果肉裸露

在你温顺的手中

记忆开始弯曲地垂悬于果实之外

许多温情绕过你的指尖

那种游刃与梨肉轻轻碰触

让我听到秋天水果成熟的声响

接过你削好的果实

我咀嚼着来自心灵的清凉

我常对你说

从一枚果子里闻到了花的芬芳

从一片花瓣上嗅到了果实的气息

在你低头的瞬间

双眉是一片浓密的山林

我始终手藏一枚果核

是否该将坚硬的梨心

放回你纤嫩的手中呢

1991. 5. 21

彼 岸 花

看得见的花都开了
无叶，无果，无机缘
在它们的族群里
我们就是彼岸

红色的曼陀罗有自己的
假想敌，白色的曼珠沙华
得到了深夜里的吻
我们当中，一些人的早晨
有可能突然遗失
而在不知名的旷野里
我们会遇见
新长的枝，含露的蕊

花开在土里
我们从那儿得到春光
花开在我们身上
世界，将从那鲜活的血肉
探知永恒的秘境

我们是花，花也是我们
所谓的彼岸
就是这样的一个瞬间
我们从花朵那儿

得到了心跳

而花儿，它多了另一副躯体

从未诞生，也从未枯萎

题建盏龙窑遗址

一段爬累的历史
被丢弃在建溪的山野上
顺山势而上的窑址
像一头昂首的巨龙
但已吐不出千年之火

龙窑两侧杂草丛生
暗红色的陶砖、窑墙、窑门
依稀可见
窑址上搭盖的瓦棚
随古窑错落盘旋
就像是龙身上的鳞片

面对龙窑
那些曾经飘过高空的浓烟
比我脚下的草木还短

龙窑里已被时间翻捡过无数遍
成了一座剖胸开膛的旧窑
万象怀里
把乌金和兔毫的碎片
抖落成一堆废墟
一本打开的大宋地书
有人因此偷窥到南宋的内脏

破碎成为一种命运

对面的乌火山
草木依然青翠如初
双塔高耸入云
建溪之水潺潺而流
凤凰山和武夷山的茶叶
年年春芽吐芳
只有龙窑里那些建盏碎片
如隔世的光依然幽玄闪亮

拉　　网

站在船板上
永远被脚下的涛声所诱惑
我要一个人拉起这沉甸甸的网
写满虔诚的手
一次次抚摸
海面的温柔
波浪的起伏使我富有节奏

这片亘古蔚蓝的牧场
放牧过我们幼时的纸船
如今放牧的你却无影无踪
浪涛狂欢着敲着我
嘎嘎作响的船沿
我要让我的渔网
拉过所有的海域
并和这一生最后一张网
一起舒展在蓝蓝的海面上

1991. 2. 20

车过江面

四月的天空多雨
以历史少有的面孔出现
最小的水从天上下来
最高的波从江面涌来
河水长大

车过江面
像春天的庄稼走进雨季
江水在车轮下颤抖
江面不留迹痕
坚硬的水围困城市
逼入这最辽阔的人群
纯净发黄的水没有香味
我的车慢慢驶进江心
风呼啸而过
江里的路一截一截
道路愈加明亮

车过江面
在少有的履历上
唯一的道路还是
牢固而坚硬的长桥

穿过江面

脊梁的声音清晰如歌

1992. 4. 8

铁 罗 汉

天空没有绳索
一株神奇的茶树
从天而降
却因此有了自己隐忍的根系

壮实的树形
长叶的手指
根在吮吸着石头的岩骨
和飞鸟，白云，流水最近
他重大的内心
摇荡着春天的香气
饱满的叶片
突然有了千年的皱纹

中秋月圆之夜
空气薄如刀刃
那个醉酒的罗汉
跌跌撞撞中的遗落
慧苑坑里一位老农
有了梦中的劳作
让茶色如铁
陈年了就是一剂良药
可以治愈感冒和伤心

117

有时候面对一杯茶
就能看见自己
风穿过松林
内心所有的坚硬
都将从叶脉涓涓流出
在岩石下堆积起来
化成梦里溪流的叮嘱

茫荡山避暑

是否因为有浓雾
就略显迷茫
可浩荡的江河一直稳居高处
闽江在不远处日夜穿行

山上有白云、青草、稻穗
爬满青苔的老树和风雨桥
愈加安静无语
清冽的空气微凉，纯净
适合写诗，泡茶，泛舟
一闪而过已是晌午

避一次大暑
就是把低处的汗搬到山顶
化成了小雨微凉
在山上我放跑了过往
放下山外的人和事
只愿满目青山
行云流水

土　楼

在永定，故乡的土楼
纯属土的结构
安居其中的我们
心内怀着一片寂静和凝重
有风的日子
风便是从外墙上
圆圆擦过

无论怎样
故乡的人们知道
土就是他们的生命
孜孜不倦地在土里获取粮食
选择九月飘香的季节
学着燕子衔泥
让土中的泥土站立起来
祖辈的体温，贴过层层的土墙
居住土楼如藏进土里的粮食
体验着冬暖夏凉
这更令我们怀念祖先

在阳光和白云下劳作
在汗水淋漓里
日出日落
手扶着楼门　出出进进

土楼永远是那样
朴实牢固
手牵手抱立着

在汗水乃至鲜血的构筑中
这粗朴的土里
闪着无法抑制的光芒
土楼内那些垒实的泥土
经得住任何的风吹雨打

1991. 8. 15

等待雪花飘扬

这个寒冷的冬天
看见柔弱的雪花从天空飘下来
许多人站在走廊喊雪
他们情绪高涨
等待雪花覆盖一年的往事

很久没能看见自己的脚印
在雪后的日子里蹒跚
干燥的冬季一直延伸而来
真的很久没能
用手摸一把洁白温暖的雪了

我已经习惯了无雪的冬天
在那里我和冬天一样冷漠
每每这样独守黄昏
等候着雪花飘扬
倾听雪落在身上
在我怀里融化的声音
雪确实离我遥远
迷人的童话世界在远方跳荡

追求者的脚步
被雪天的大风吹散
每一个故事都渗透枯干与忧伤

这年冬天
喊雪的人渐渐回屋
披着棉衣而卧
雪花终于没能在我肩头微笑

1992. 1. 3

鸽　子

那个黎明
朝着大海的窗口
荡着清凉凉的音乐
明亮的鸽子
端坐在雨季的边缘

站在喧嚣中的鸽子
活泼热情的双翅
拍打过我坚实的肩头
所有的耳语
曾落在我的屋顶
而无法企及的高度在房屋之上

那天边的鸽子
带着嘹亮的哨音
像一条船消失在
蔚蓝的天涯
鸽子是天地合一的民谣
我只能梦见那振动的羽翼

1991. 9

水 金 龟

在植物王国
一株茶树
有动物的名字
也许不是一种偶然

椭圆形的叶身
如春波闪现
嫩叶织成一匹抖动的绸缎
涯石上盘踞着一只饮水大龟
这是她的姿态
金龟牵动，群山环抱

在宋代
茶和武夷之间
就有一个美妙的故事
一场倾盆大雨
让很多人流落街头
暗夜里
一株奇丛突然改换门庭
从此长居坑底
一场不可思议的官司
让岩韵也四处留芳

趴近大地的事物

整整一生都在仰望
千里之外有笛声响过
能做的就是春风里发芽
让梅之清香
成为时间的替身

春天里的一壶茶

所有远行的人
都在渴望妻子的茶香
——题记

春天就是一本刚打开的书
野外的草渐渐抹上
湿润的颜色
户外还是很寒冷
人们都在说着春寒料峭

我站在家中的窗前
守望你在园子里举锄的身影
桌上我已经
为你泡好一壶热茶

春天绿过就是夏天了
那时我的目光
穿透我们家中的墙壁
桌上的一壶茶还温热着
你举锄的手
却依在远航货轮的栏杆
眼睛在渴望
大海就是一碗我给你泡的茶

1991.6

母树大红袍

九龙窠的六株茶树
长在岩壁上
坚硬的石包着柔软的心
狭小的空间
按捺住三百多年的繁茂生命

紫红色的嫩叶
远远地摇着纤细的手
它们浮于深山，却可行走天涯
伟人赠茶，战士守茶
如果给传说敷上一些光晕
那就是美丽的取景框

1385 年，一个名叫丁显的秀才
用红袍加身的故事
把叶芽的呢喃
演绎出武夷天心的"茶禅一味"
前世的果，终于开出今生的花

曾经的三株茶树
暗藏着自己的天姿
剪下的枝条
插满三坑二涧
似乎每一个不发芽的日子

都是对树和阳光的辜负

香幽熟厚，七泡余香
神化的岩骨花香
这一切都是
太阳晒在岩壁上的味道

高处的茶和身体里的香
都要掏出烂石的黑暗
那是岩韵，镶嵌着时间里的魂
为生而死，也为死而生

白毫银针

一根针的呼吸
唤醒三月清晨的山野
一叶柔弱的单芽
由此穿越时空

锯齿上的绒毛
停满清风白云
茶园里的王，白毫如雪

一缕清风中
生命只是头顶上的一颗芽头
表里昭彻，如玉在璞

宋朝的瘦金体
纷纷落进玻璃壶中
舞出一副淡雅的国画
色白如银的芽
挺立沸水中
每细心一次就大胆回甘一回

杯子里的云
淡去了一生的味道
杏黄的茶汤
让我找到了陆羽沉浮的秘密

师魂五题

1

一根
不落的教鞭
在世代人
眼睫前挥过
挥不去的永远是
讲台下的一片
眼光

四

寻觅一扇窗户
寻觅一个
点燃的秋天
夜在汹涌
手下的纸
和脸上的皱纹
年复一年编织同一首
谣曲
念着人类的一个永恒

69

一个
被粉笔
压弯的身影
在一潭清水上浮现
许多双眼睛惊叫着
啊，老9

7

你举着粉笔
像多年以前握着的锄头
在课堂上
耕耘一片希望的土地
让嫩芽露出绿颜

○

你就是手中的那副圆规
一个支点钉在
黑板上
用一只手移动着生命
在教室里
画出一个清晰的轨迹

1991. 10

桃舟品雅

当暗夜的翠绿
朝向召唤的驱使
春风与萤火虫一同贴地
挂满鸟鸣的丛林
滴答出一个童话的世界
我们循着香甜的微风
抵达桃舟

山谷睡在蓝色的云雾里
风，睡在我们的掌心
峰峦青郁的寂静深处
与一杯品雅铁观音相遇
我就在淡黄的茶汤里沉醉
有一种回甘清新如初

曾经失踪的朝代
遗留下茶贸古道
但故事没有磨损
苍茫远去的声影里
两株千年古茶树
把一生的根扎在深邃的土里
阵阵风声曾经传过云端

一个已被淹没的前庵古村

通过一株茶树重新开枝生叶
一芽两叶，时光的叶片
变得更加奢华
晋江源在折叠的山谷间流淌
山河旧了又新
土地的芬芳直抵心灵
草木的珍华
照见彼此的呼吸

对饮的两个人
一个在云上
一个在水边
那些舌底涌动的兰香
茶汤弯腰的点点滴滴
都留有微风颤动的心

一条名叫福寿的鱼

溪水清唱的早晨
除了风吹起涟漪
只有一条鱼在上善的水里
把云和茶香纳进腹中

铁观音环绕香茗湖
湖水显得深具内涵
影子变成一叠叠的草
用泉水悄悄地喂养
一群鱼静静游过天空
舒展的身姿鲜嫩有如软玉

夜晚的湖面落着小雨
在茶香沉醉里
用通晓众多语言的舌底
让鱼说话
入口即化的一刻
一个诗人的命名
让一群欢乐的鱼
辩识了自己的身份
有人说
你研究鱼将得到寿和福
从此裸露的灵魂
让味蕾说出唐诗宋词

而我分明看见
那些变身为美人鱼的人
正练习——
剥夺我们的目光

从知性中构筑诗歌造型及精神疆域

——从曾章团的诗集《镜像悬浮》想到的

卢　辉

"整个下午，我坐在水泥丛林中/每一口清茶，都有兰香回归血脉/每一次冲泡，都能看见/白马弯弓的身影"。当诗人曾章团把成年时期那阳刚的毅力与萌春年华那阴柔的微力结合在一起时，他诗歌所持有的语言"造型能力"立刻把非本质的东西——时间，给取消了。也正是在时间"被取消"的一刹那间，他诗歌的"恒定值"显露出来。

在福建诗坛，曾章团的诗一向以知性、硬朗、灵性、开阔见长。这次，我从他新近出版的《镜像悬浮》拜读了他从二十世纪九十年代到近几年的诗歌作品，我惊奇地发现他的诗歌在无限世界中的每一样东西都是机体化的，都有着一种无限之力，穿透过那外在的、限定着的"物象"。尤其是他对"茶"有着特别的灵性与锐度，他对茶的语言"造型能力"有着许多过人之处。在他看来，茶是他心目中"全一"的本体，一个普遍的、绝对的、终极的精神"外化"。因而，他面临的问题就是如何把他心目中"全一"本体的不透明性和沉重性转化为透明的、轻灵的永恒：

> 在闽南的红壤地里
> 一株小小的植物
> 注定要长出锯齿状的英雄主义
> 对抗缭绕的云雾
> 注定要在晾青、萎凋、揉捻和

137

　　发酵中，剥下铁的锈色
　　让铁的灵魂掷地有声

——曾章团《安溪铁观音》

　　很显然，曾章团诗意化的"茶"俨然是一个理想的精神国度，它与现实有着超验的距离，就是因为他的茶是以最高的本体——神性、大全为根据地，最终"生成"为一个生命的范畴。在他所垂青的茶园里，一株小小植物的"英雄主义"和"铁的灵魂"被诗人整合得掷地有声："今夜，所有的茶树/都选择隐姓埋名/纷纷放下成长的刀剑/用发酵忍住悲伤/在皲裂的掌心下/漾出观音的慈怀"。由此可见，自然界的每一个创造物只是在一瞬间才是真正完美的，诗歌则把这一瞬间中的本质鲜明地表现出来，把它从时间之流中抽出来，在它的"纯存在""生命的永恒性"中来表现它。曾章团诗意化的"茶"就是作为自由与必然性的相互渗透的绝对综合，摒弃了对自然的简单摹仿，摒弃了在语言上的简单造型，去努力表现"真正存在的东西"，即观音的慈怀，让诗载人渡达超时间的彼岸！

　　曾章团的诗，其语言"造型能力"看似形象说话，但又不止于形似的范畴，大体上属于知性写作一类，故他的诗注重在"造型能力"之上的知性本体。在他看来，诗歌不仅自发地存在，而且还作为对无限的描述站在与哲学相同的高度。他的诗歌之所以推崇哲学价值，是因为他的诗歌不仅擅长在事物的本相中描述绝对，而且擅长在事物的映象中描述绝对：

　　黄昏像手掌暗了下来
　　晚霞和山脉
　　都是掌纹
　　托着一公顷的阳光
　　在风的身体里
　　发酵出叶子的青味和香气

——曾章团《摇青》

138

诗的应有任务，似乎是再现永恒的、永远重大的、普遍美的事物。但是，如果无所假托，没有"造型能力"这也没法实践，总需要一个物质的基础，这基础则被发现在曾章团自身的独特领域中，即在他熟知的、传统的、地域的、记忆的、经验的、宿命的血脉之中。正如他热衷的茶"托着一公顷的阳光/在风的身体里/发酵出叶子的青味和香气"那样，在曾章团看来，他描述的已不是现实的事物，而是现实事物的本相，在本相的世界之中所描述出的智性世界。他的感性个体（此在）可以在一刹那中把握着永恒，而这只有通过他的茶在一刹那之间去表现本质，去把本质从时间中抽取出来，将茶的生命在永恒之中显现出来。这就是诗歌的存在价值，也是诗人的存在价值，甚至是整个世界的存在意义。

说穿了，整个生活世界的存在的意义都在一种爱、旨趣、性灵之中。当代著名哲学家 E·贝克曾说：在人身上的那种要把世界诗化（to Poetize reality）的动机，"是我们有限生命的最大渴求，我们的一生都在追求着使自己的那种茫然失措和无能为力的情感沉浸到一种真实可靠的力量的自我超越之源中去"。我们这个时代的最普遍也是最基本的特征就是它的普世论和它的世俗旨趣，只有它激起人心的力量，把一种特殊的体验突进到对其意义的反思的高度。曾章团的诗正是牢牢把握着天然之趣，历史之源，人本之灵，他很少离开过这一轨道。

　　　　雪亮的水果刀
　　　　沿着青青的外皮
　　　　以流星划过的弧线
　　　　削卷去一圈苦涩
　　　　让洁白色的果肉裸露
　　　　在你温顺的手中
　　　　记忆开始弯曲地垂悬于果实之外
　　　　许多的温情绕过你的指尖
　　　　那种游刃与梨肉轻轻碰触

让我听到秋天水果成熟的声响

——曾章团《削梨》

每当哲学忘却了自己的天命之时，诗就出来主动担当反思人生的苦恼，曾章团也不例外。诗人总是在生活的体验中汲取，而没有陷入概念体系的魔套。诗人越是受生活力量的制约，越是竭力要想悟彻生活之谜。所以，曾章团的诗《削梨》就揭示了人们感受和领会生活的意义的无限可能性，以及人性与世界的关系的真实价值。

诗人仍是真正的人。普通人对生活的反思太无力，不能使自己在人生观的混乱中找到一个稳固的位置，而诗人坚持把注意力集中在生命之魅或生命之黯上，曾章团的诗一直保持人的感性的层面、情感的领域，给处于琐碎、繁复、多变、迅捷的世界中的人们以温暖、安慰、柔情，给处于生存的迷茫中的个体提供一个激动人心的温爱的心境。读曾章团的诗，其语言"造型能力"往往能够经纬分明地建构起诗意空间或禅意空间。然而，他从来没有在赏心悦目的"图景"中止步，而是带领我们根据自己的内心体验来确定生命的价值、目的和准则。《莲心有云》就赋予人以生命力和社会精神，赋予生命和社会以诗的性质。当然，曾章团的语言"造型能力"并非只是经纬有度，而无阡陌交通。他的诗有时会取消按照推理程序进行的理性的规则和方法，能够使人们投身到令人陶醉的幻想的状态中去，投身于人类本性的驳杂状态中去："把深秋捏进米粒里/捧着二只碗/过堂的手臂/放开三千亩的奇墅湖"（《梓路寺》）的确，人面临着一个与他自身分离异在的世界（包括文化和自然），用形而上学的语言来说就是，人发现自己面临着一个不属于他的、与他对立的客观世界。所以，全部问题就在于如何使这个异在的、客观化的世界成为属人的世界，作为人的主体性的展现的世界，这也就是如何使世界诗意化的问题，曾章团《梓路寺》这首诗做到了。

说到底，人应该把自己的灵性彰显出来，使其广被世界，让整个生活世界罩上一个虔敬的、富有柔情的、充满韵味的光环。这几年，曾章团的诗慢慢从对语言的过于"苛求"中解脱出来，崇尚性灵，注重本心；随机天意，怡然智取。《耳环》是曾章团最显灵性的一首诗，堪称完美。通过《耳环》把普遍的东西赋予更高的意义，使俗务的东西披上神秘的外衣，使熟知的东西恢复未知的尊严，使有限的东西重归无限。这首诗告诉我们不能以这个世界的眼光来看这个世界，而应从另一个世界的眼光来看这个世界，我们不能站在这个世界中来看这个世界，而应站在另一个更高的世界的角度来看这个世界，这就是曾章团语言造型能力的超验原则，所以才有"耳上摇动的风景／把一地的旧时光／铺成银色"。

随着全球语境的出现，这几年，曾章团恪守的精进、硬朗、经典、灵动、蕴涵的诗风也悄然发生改变，他的诗歌语言从"造型空间"的局域营垒开始向叙述、散淡的整体层面渗透。他清楚的知道：全球语境与个人写作是互为参照，而不是对峙的紧张关系，他索要的是全球语境那种"精神同类"的东西，有了这个"精神同类"的丰富性、源头性和充沛性的东西，他的个人写作就不至于"同质化"于一个或"技术"或"时尚"的块状层面，而是一个由造型空间到心理时长再到精神疆域的连绵过程，且看《日晷》：

圆形的石头和铜针
站立在阳光下
当空发耀
射向雷霆的指针
丈量太阳和大地
也丈量了祖先的身体

投影中的光阴似箭
在石头上，在大海深处
时光潜行数千年
我看到的节气、时辰
依旧是太阳的影子
但已不再真实

依旧是时针的指向

但已拐弯抹角

从失去到失去，这就是我们说的时光

石头不冷漠

影子也不空虚

时钟是有人把日晷挂在墙上

手表是我们把影子搬到手腕

不需要太阳的投射

他们在日夜的滴答中

完成对时间的背叛

影子里变硬的钟摆

没有人再从石头上

寻找时间的刻度

有人说

时间有裂缝和空隙

在一个时间里

寻找另外一个时间

　　《日晷》一诗是曾章团的诗风悄然发生改变的案例，他的"造型空间"已转换成"心理时长"并获得富饶、宽阔的"精神疆域"。这样的转换效应并非只是诗歌技巧上的"参数"，而是诗歌精神领域的"心象数值"，这与寻找全球语境中"精神同类"的东西是相一致的。是的，曾章团的诗歌写作在全球语境之下，他极力回避了那些琐碎、散漫的语势，而是寻找在全球语境下的不能忽略的汉文化的诗义权力，因为汉文化有自己"兴观群怨"的诗学宗旨，有自己的"风清骨峻"的审美追求，有自己的"韵外之致"的艺术趣味，有自己的"天籁本色"的创作理念，有自己的"天人合一"的艺术理想，这些都是曾章团所要的在全球语境之下的诗义权力。正是这样的缘由，

《日晷》"在一个时间里/寻找另外一个时间" 则变成了可能。

　　诗是至高无上的精神器官，整个外在的人类的生命力在这个器官中互相会合，内在的人类首先在这里表现出来。诗里发生的事，在现实里要么从来不发生，要么经常发生，否则这就不是真正的诗。这曾章团为我们提供了这样的诗歌文本：既然知道人的有限的自我是无限的主体性的一个片断，既然经验的自我必然的沾滞于物，经验的个我应当通过当下直接的意识和体验，把自己上升到神性的意识，从而在无限中并通过无限去把握所有有限的事物，在永恒中并通过永恒去把握所有时间性的东西，这样就把经验的、客观的世界带入一个意义中的彼岸世界："所谓的彼岸/就是这样的一个瞬间/我们从花朵那儿/得到了心跳（曾章团《彼岸花》）不错，曾章团所追求的诗歌智性本体，是人的价值存在，人的超越性生成，生命的意义显现。因为，这才是人所生活于其中的世界的本原。

感动和遗忘的青春

二十多年前，年少轻狂的我，总爱涂些隔行的文字，诗歌正是那个时代的一种时尚，长安山下因此有成群成群的"诗人"，还有一个在全国高校都小有名气的"南方诗社"。我也欣然加入写诗的浪潮，而这段时光也像长安山上的杜鹃花，短暂而美好。

一出大学校园，那些激情的文字便戛然而止。我是一离开福建师大就没再提笔写过诗。即便如此，现在翻阅那时的旧诗稿，就好像在翻动一段青春时光，还时常被诗中的那些句子打动，甚而清晰记起每首诗背后的人和事。这些文字，似乎还有些温度，带着魂魄，这使我无法释然。无论是为了遗忘还是回忆，我都想把那些文字从旧纸堆中扶起来，就让青春还给青春。

2012 年底，我从福建省政府发展研究中心调到福建省文联负责福建文学杂志社的工作，每天谈论和接触的主要就是文学。我像一棵小树站回到森林里，诗歌似乎又回到我笔下，四年多的时间，工作之余陆陆续续写了一些诗歌和散文，感谢我的母校福建师大文学院，给了我将诗歌进行结集出版的机会，让我能整理年少轻狂时的思绪和一个人回归诗歌的旅痕，也为自己的内心腾挪了块空地。

茫茫人海、匆匆人流，喧哗和嘈杂之际，喝一杯茶，读一首诗，在我看来，是一种享受，在平静中让自己的心灵能接近天空和大地。在这样的时代，所有人都渴望诗意地栖居，而这也应是我把诗歌继续下去的理由。

不同的人和事物在这个世界上彼此映照，互为镜像，诗歌由此成为心灵的一种投射，在悬浮的词语深处凝聚和碰撞，这是我简单的诗歌观念。

这本小诗集，对于自己的意义，是我从此会以诗歌为"镜子"，在生活中开启与时间的互为观照。

窗外已是早春，我知道春水和果实早已在岁月中结伴而行。